당신의 죄는 내가 아닙니까

당신의 죄는 내가 아닙니까

최지인 시집

K
POET

아시아

표지로 쓰인 작품은 김수진 작가가 그렸다. 그는 시집 속 켜켜이 쌓인 기억의 조각들을 신문에서 찾아 콜라주 기법으로 표현했다. 제목은「새가 되려는 사람들」이고, 크기는 가로 18.5센티미터, 세로 13센티미터이다.

두 장의 종이가 포개져 있다. 망점이 빼곡한 겉장은 어둑어둑한 분홍으로 뒤덮여 있다. 해 질 무렵 하늘빛 같고, 오래전 떠난 이의 나지막한 목소리 같다. 풀 냄새가 어슴푸레 스민다.

겉장 중앙은 두 마리의 새를 본떠 오려져 있다. 그 사이로 속장이 드러난다. 속장은 푸른빛이 약간 도는 보도사진이다. 서 있는 사람과 쓰러진 사람의 발이 얽혀 있다. 불안과 긴장, 그리고 공포가 감돈다. 땀과 피의 냄새가 섞여 있다.

위쪽 새는 땅을 바라보는 듯하고, 아래쪽 새는 하늘을 향해 날아오르는 듯하다. 두 새가 닿을 것처럼 가깝다. 화폭 왼쪽 위에서 밑으로 가로지르는 대각선이 나뭇가지를 문 듯 위쪽 새 부리에 걸려 있다. 두 새의 꼬리가 꺾인 선으로 가늘게 이어진다.

표지 오른쪽 위에 '당신의 죄는 내가 아닙니까'라는 글씨가 흰색으로 적혀 있다. 그 아래 흰 글씨로 작게 '최지인 시집'이라고 적혀 있다. 표지 왼쪽 아래에는 'K-poet'과 출판사 '아시아'의 로고가 있다.

이 시집이 오디오북 혹은 점자 도서로 만들어질 때 표지 디자인을 전하고자 부족하지만 짧은 설명을 이 면에 적는다.

차례

당신의 죄는
내가 아닙니까

POET

온다는 임 아니 오고 동남풍이 날 속이네

앉았으니 임이 오나 누웠으니 잠이 오나

잠도 잃고 임도 잃어 양단간에 다 잃었네

지금 흐르는 들노래는 1965년 6월 22일 전남 진도군 지산면
인지리에서 녹음한 것이다.

커브

과거가 말하길, 망하지 않으려면 뭐라도 해야 한다고,
의자에 앉아 세월을 곱씹었다

몇 가지 사건들: 제주 오키나와 타이베이 마닐라 싱가
포르 스리랑카 마다가스카르 아이티 홋카이도

해변의 모래알
그것은 비슷한 정서, 미래가 중단되었다고 내다보지
만, 나아가는 이들 모르는 곳으로,

쓰는 것 말고 할 수 있는 게 없으니까
나는
쓸쓸해서
바리케이드 앞에 선 시민

동지가 경찰에게 발각되어 끌려갔을 때 의자에 웅크
려 작은 몸을 숨기고

하늘에서 폭죽 같은 게 터졌다 빛을 잃은 파편들 무너진 돌벽들 화약 냄새가 코를 찔렀다

어느 날 네가 사라졌고
영영
돌아오지 않았다 홀로
도시에 남겨졌다
봉인된 상자 속에는 무엇이 들어 있을까?

문 열면
구경꾼들이 모여 있을 것만 같다
잠시 쉬고 싶어
콩은 생각했다 움직이지 않은 채
땅속에서
운명을 헤아렸다

*

　죄를 짓지 않을 아이와 같은 해에 태어난 나는 그에
비해 안온한 시절을 보냈다 그의 모국: "독재자에게 죽
음을" 외치는 거리를 걷다 보면 죽은 자들이 또렷하게
보였다

　그에 비한다면 나는 태어나선 안 됐다 그러니 할 수
있는 것을 하자 후를 도모하자

　분노하라

　여러 해 동안
　친구의 유고 시집을 읽고 있다

　너는 다음 생에 나무가 되고 싶다고 했지
　부족한 게 많았어 내가
　얼마나 널 사랑하는지
　모르겠지

울어도 이상하지 않지

내가 아니게 될 때
네가 아니게 될 때

맨손으로
그릇을 깨끗이 씻었다

여름이면 집집이 창 열고
바람 되어

도통 알 수 없던 마음도 투명해지고

겨울에 입을 스웨터도 다 짰다
이제
생생하다

미래가 말하길,

침엽수

나무가 된 흰 뱀이 천년을 살았다

그것을 지탱하는 수많은 지지대

제발 살아주세요 절대 무너져선 안 돼

살아야 하니까 내가

가려진 것들

네 얼굴이 가물가물해

살아 있음과 죽어 있음

투명한 숫자들 돌멩이들

갈림길에 서 있다

웃었지?

벼락처럼

쪼개진 네 얼굴

벼락처럼

전 세계로 송출되는 전쟁 이미지

외롭고 높고 쓸쓸한

죽은 이와 죽을 이가 모여 웃고 있는 사진 한 장

영혼의 상처는 몇 세기가 지나야 아물까

바닥에 배를 대고

떨어진 잎들을 통에 담았다 그것들은 도시에서 까맣
게 될 것이다

비무장 민간인을 사살하라는 명령

나는 알았다 내가 살아남을 것을 늙어본 사람들과 함
께 사물처럼

도로에서 죽은 고라니 곁을 산 고라니가 지키고 있다

밤의 중얼거림

도시는 고독할까

옥상에서 내려다본다

두 사람이 나란히 걷고 있다 뒤따르는 그림자

길어졌다 짧아지는

짧아졌다 길어지는

끝과 시작 나는

혁명할 수 있다 이제

뭘 하면 좋을까요?

적신호가 켜졌다

열차가 플랫폼을 지나치고

눈앞에 있는 것들

할아버지가 살았던 1937년부터 1947년까지의 동아

시아, 친구들과 병원에서 헤어지고 독한 술을 들이켰다

열차에 몸을 싣고

길게 뻗은 내 손가락이

십 년 동안의 고독을 한 장씩 넘기고 있다

적에게 총을 겨눈

명령에 복종한

살아서

살아서

남겨진 유산

채무에 시달렸다 거의 평생 우리 가족은 달마다 갚아야 할 돈을 헤아린다 내가 너를 미워하듯이 네가 나를 미워하면

잘못된 사람이 된 것 같다

한밤중에 깬 네가 깊이 가라앉은 적막을 잡아당긴다 맑고 또렷한 문명이여

매복해 있는 게릴라

수풀에서

뛰어나온 개 한 마리

입에 **뼈**를 물고

죽은 이가 만개한 산딸나무 아래

손짓한다 느리게, 끝없는 꿈속에서 제자리를 지키고 있다 나는 너를 잊어서는 안 된다

밤의 중얼거림

멈추지 않는 열차

지나간 기회와

고요한 날씨

낮과 밤

1
내가 진실로 너희에게 이르노니

속절없이
앙상해지는 것들

사랑한다는 것은
살아낸다는 것이다

모든 게 엉망이었을 때

2
너는 개구쟁이였어
네가 당한 만큼 돌려줬지
아니 그것보다도 더
너 때문에 죽고 싶다고 했던 거 기억나?

까먹었겠지 그걸 다
새기면 어떻게
살 수 있겠어

3
도와주세요
저녁엔 잠이 안 와요

아파트 지하 주차장으로
들어선
응급 출동 차량

4
꼭 개구리 같았다 몸이 커졌다 작아졌다 하는 게 우리
는 개굴개굴 몸을 포개고 깊게 들이마셨다

숨을

급할 게 없다고
급하면 후회뿐이라고

잠깐
멈추면

이야기하는 낮과 밤의 대지

5
남은 사람은
남은 사람의 몫을 해야지

둘 다 가라앉아서
다행이다

같이 있으니까
재밌다

쪼그려 앉아서
혼자였으면 서러웠을 거야

춥고 외로워서
마지막으로

숨
참고

너무 아름다워
두고 온 것들

여보

나는 부자가 될 수 없어

슬프지 않을 때는?
네가 미끄럼틀 탈 때

까르르
까르르

새 한 마리
죽은 사람 위에 앉아 있다

6
우리 삶에 답이 있다면 얼마나 좋을까요?
답이 없었으면 하는 마음이 드는 건 왜일까요?

홀홀 털어버리고

다시 만날 날이 오길

7

2022년 2월 24일
러시아가 우크라이나를 침공했다
전쟁이 일어난 것이다

8

씨앗을 뿌리는 봄과
그것이 자라는 여름
익은 걸 거두는 가을 동안
종종 괴로웠다 우리는
겨울이 오기만을 기다렸다
고요한 겨울에는
산책도 하지 않고

집에만 있지 그때만큼은
마음도 고요하지

네가 태어나서 참 다행이야

9
추하고 어리석고
서투르며
희망이 없다고
믿게 하는 것들

연대하라
단결하라
아니면 당신을 먹이로 보는 이들에게
약탈당하고
지배당할 것이다

Health

Food

Basic Income

Shelter

Education

군함에 고한다

꺼져라

*

해적방송—제국이 원하는 바는 이방의 평화가 아니라 속방의 시
민이 목숨 걸고 싸워 적을 약화시키는 것입니다… 도덕은 하나가 아
니며… 조선은 왜 청과 일의 전장이… 들판에 소총을 버려두고 잠
든 사내가 있습니다… 피 흘리는 사내가…

0
질문에 답하는 이는
어떻게 그 답에 이르게 됐을까?
부끄러움도 없이

다음에 우리는
꼬장꼬장한 사람이 되겠지

라디오 주파수가
나무에 닿았다

화장터가 주검으로
꽉 차던 때가 있었다

내가 지은 집에는 내가 살지 않는다.

김수진, 「어차피 우린」, collage newspaper image on canvas,
left 728×605mm, 2018, right 500×600mm, 2019.

풍경

사망자 숫자

무감하다

내부와 외부

검문소 앞 길게 늘어선 차량 행렬 떠날 채비를 마친
여객기 국경을 자유로이 넘나드는 자유인

군용 트럭에는 인질로 잡힌

아이들

바깥을 의미하는 것

그 바깥은 무엇의 바깥이야

사람이 묻힌 곳에선 무엇이든 잘 자란대 땅에 묻힌 탄
피를 파내 가지고 놀았더랬지 불발탄을 녹여 만든 수저
는 아주 단단하다

그 많던 새들은 어디로 갔을까

화는 왜 아래로 향할까

인간은 왜

바닥에 서 있나

새*

　해방

　빼돌린 이미지

　내가 살지 않은 시절

　많은 러시아인은 전쟁에 반대하고 있다 지난날 시민들이 그러했듯이

　이번 생엔 부디

　구순을 맞은 할머니가 나무 의자에 앉아 있다

　차를 몰고 약속 장소로 향하는 동안 우리의 미래에 관해 이야기했다 금리가 가파르게 오르고 있다

　굴속에서 십여 구의 유골이 발견됐다

　땅을 나눠 가진 형제들은 오후 세 시쯤 헤어졌다

　이 집안은 끝났다

　생존자의 증언에 따르면 불길에 휩싸인 망자는 되살아난 것처럼 몸을 비틀었다고 한다

　묵인된 것들

　무단출입을 금함

　긴 터널

꼬박 몇 세기가 지났다

이따금 소강상태

마음에 드는 옷을 장바구니에 가득 담았다 생각이 멈추지 않았다

인간이 인간들을

산산이 부서질 이미지

해변에 누워 책을 읽는 작년과 재작년 모퉁이에 메모한 것 완벽하다고 믿었던 것

모르는 사이

아무렇지 않다고

네 이름을 크게 불렀다

*「새의 노래(El cant dels ocells)」. 1971년 10월 24일, 유엔은 파블로 카살스에게 유엔 평화상을 수여했다. 그는 이 곡을 연주하기 전 연설했다. "나는 거의 40년 동안 공개된 자리에서 연주하지 않았습니다. 오늘은 해야 합니다. 이 작품은 「새의 노래」입니다. 하늘에서 새들이 노래합니다. 'Peace, Peace, Peace.' 바흐와 베토벤, 그리고 모든 위대한 음악가들이 찬미하고 사랑했을 아름다운 곡입니다. 이것이 나의 조국 카탈루냐의 영혼입니다."

두더지

보내버린 시간을 애도하며

누가 말했는가 밑바탕이 무너지고 있다

인간은 철새처럼 이동해야 할 것

지구를 떠도는 에너지들 과잉들

확성기가 침묵의 끝에 닿을 때 천둥 쳤다

지난날 당신은 꿈이 있었다 들끓는 개미 어쩔 수 없는
마음

당신의 죄는 내가 아닙니까

이해한다는 말은 떠나는 사람의 뒷모습과 닮았다

파고

무너지는 식료품점 아래 지하 창고 몇 주 동안 숨어
지낸 사람들 물과 전기 등이 끊긴 봄 어머니를 묻은 가
족들
글쎄,
길어지는 전쟁과
떠날 수 없는 자들

한 시절
젊은이들은
가능을 팔아
불가능을 얻을 뿐

무한은 이상해
큰 것은 너무 크고
작은 것은 너무 작아서

주요 국가가 확보한 백신이 폐기되고 있다

기후 위기
달구어진 아스팔트
이봐요
무얼 찾고 있나요

나 좀 살려다오
일에 보람이 없어

다르게 살 수 있다
어쩌면
더는 나빠질 수 없을 만큼
거리 곳곳에서

흙더미가 마을을 덮쳤다

성장의 끝
노동 착취가 합법적으로 이뤄지고 있다

흙바닥에서 펄떡거리는 블루길

다정다감한 신의 얼굴

꽉 막힌 내부순환로

왜 죽은 자는 떠나지 않나

도시가 잠기고 있다

지독한 안개 속

점멸하는

비상등

인간은 왜 자연을 껑충 뛰어넘어야 하는지

한창때 아버지가 전투복을 입고 건초 더미에 기대어
있다 내가 나기 전에 죽은

지나가버려서
아름다운 것

할아버지는 백병전에서 살아남았다

당신이 나를 그리워했으면 좋겠다

고목처럼
서서 쓴 것들

더럽고 치졸하며
정직한

미래를 갖고 싶다

뒤돌아봐
우리가 얼마나 왔는지

성장의 끝

세상의 죄를 짊어진 지구의 고양(羔羊)이여
  하늘과 땅에는 인간의 것으로 상상하는 것보다 무궁
한 것이 있나니

이산화탄소 농도
해수면 상승
해양 산성화
플라스틱과 오염 물질
불타는 숲
그리고 녹아내리는 빙하
점점 넓어지는 사막지대
사나워지는 폭풍
멸종하거나 사라질 위기에 처한 생물들
분단되고 점령당한 지역
뒤바뀐 세계 뒤바뀐 질서
그 밖에
뭉뚱그려진 유산

갈림길과 막다른 길

앞날을 예고하는
자연과 감로탱화(甘露幀畵)의 아귀(餓鬼)
목구멍이 바늘귀만큼 좁지만
창자는 태산 같아서
발가벗은 몸
텅 비어 있고

나쁜 숲

다른 국가
다른 도시
다른 삶의 가능성

고가도로에 올라
현수막을 내건 오후*
길 잃은 이가 침묵을 깨고
떠듬떠듬
말을 골랐다

찬란히 빛나는 것과
칠흑처럼 어두운 것에 대하여
나의 나와
비루한 나와
경제에 대하여

거짓말 말고

존엄이 필요하다
흰 바탕에 붉은 글씨
*不要封鎖要自由 불요봉쇄요자유

트랙을 달리는 한 사람
달리고 달리다가
사라진 한 사람

낮의 잔재
밤의 잔재
낮의 슬하
밤의 슬하

눈 치켜뜨고
입 벌렸다
오므렸다
아름다움에는 형식이 없다

사람들 사이 너는
눈 비비는 푸드코트 종업원
여러 개의 테이블

너는 자면서도 내가 부르면 답한다

우리는 서로의 불행을 파먹는다
내 이름은 첫눈
운명의 시작과 끝
진흙으로 빚은 인형
가마에 들기 전 깨진 조각들
속이 텅 비었지
비 오는 날
뒷길로 돌아가
들판에 내다 버렸지
지나간 것은

모조리

전장에서 살인하지 않기 위해
고층 건물에서 떨어진
젊은이**

**나는 이 지옥 같은 세상에 항변하기 위해 이 선택을
했다. 내가 당신을 사랑한다는 것을 기억해주길 바란다.

달라질 여지가 있을까요?
희망은?
모두가 이 세상이 잘못됐다는 걸 알고 있어요

기름이 바닥났다
차들이 옆을 지났다
윙윙대는 수족관에서

새벽까지 일하고 잠든 너
자기야 강이 얼고 있어
너무 추워

왜 나는 꼬리에 꼬리를 무는가
어떤 것도 제대로 답할 수 없으면서

모두 살아 있고
살아 있어서
잠든 사람의 어깨를 흔들어
물었다
살아 있어요?

오래된 무덤가를 산책했다
우리는 얼마나 많은 두려움에 사로잡혀 있나요?
신기하지 않아요?
이곳에 사람이 살았다는 게

산모기가 발목을 물어뜯었다

나는 당신의 리듬이 좋아요
저게 심장이에요?

종점

도시를 건너는 내내 이해할 수 없는 너

나는 흰 빨래 검은 빨래 풀로 붙인 자리

세 식구가 살림을 시작한 반지하 단칸방은 헐렸다

바뀌는 것은 세상이 아니라 나였다

열차가 어느 쪽으로 달리는지 가늠이 안 된다

꿈속에서도

잠이 들고 꿈을 꿀 수 있다

 십 년이 지났다 다음 십 년과 다다음 십 년이 하얗게
질려 있다

금이 간 그릇과 뒤돌아서는 거리

살아 있음의 부끄러움

참을 수 없다

들판을 지나

말이 앞서고 말이 앞서서

터널 끝 너는 어깨가 아파서 자세를 바로잡는다

지나간 것들이 상자 속에 담겨 있다

상자를 열면 아무것도 없다

조용한 일

얼굴

창백하다

무슨 일이야?

엄지와 검지 사이

꾹꾹 누르며

팔 쓸었다

찬 기운 가실 때까지

일그러진

얼굴

김장하는

철거촌 사람들

디데이가 적힌 타일 벽

신의 이빨 자국

붉은색 래커

거주하고 있음

불거진 철근

철근들 범람하는 것

개천을 어슬렁대다가
돈과 명예를 좇다가
아무것도 되지 못하고

어디로 가시나이까
살아남은 자여

죽음 앞에서
평등하다고 말하지 마라

금(禁)을 금하고

한바탕
태풍이 몰아치기 전

*

스물여섯 살 노동자가 파쇄기에 빨려 들어갔다. 오래
전 그의 아버지는 제재소 분쇄기에 손이 꼈다.

*

목이 베인다
목
목들
갈색으로 변한 국화 다발

*

중앙선을 넘나드는 화물차
저 안에서
무슨 일이 벌어지는 걸까

전복되기 전
우리가
사로잡힌 것은 무엇인가
꽃이
얼음을 뚫고,
컨테이너가 쌓여 있다

왜 나는 내려놓지 못하나
생활은 어떻게 내려놓나

꿈만 같은 시간이 지나고
다시 일상으로 돌아왔어요

번 돈의 절반을 집에 보낸다 아버지는 일주일에 세 번
병원에 가야 하고

똑똑

들어가도 돼?

젖은 신발
걸을 때마다
개구리 울음소리

나무 밑에서
비를 피하네
친구여 나는
돌아갈 집이 없네
사람들 묻힌 웅덩이
눈동자 같네

거리에서

소리가 어둠을 밝힐 수 있다면
죽음으로 드러나는
빈터
아직 발견되지 않은, 우리에게
더 많은 죽음이 남아 있다
내 영혼의 절반은 망자에게서
왔다
툭 하고
추락하는
밤
나는 오래된 생각이다

파종

억세게 내린 비
뿌리가 드러났다
밭 가장자리
구덩이 파고
사람들 일렬로
세운 뒤
죽인 흔적

*

(사건 발생 및 유해 매장 관련 지번
경기도 파주시 파평면 두포리 산39)

위 장소는 1950년 한국전쟁 시기에 납치된 반공 인
사 및 민간인 집단 학살 유해 매장지이므로 함부로 훼
손하는 일이 없기를 바랍니다.

*

감히 삶에 대하여
묻습니다

죽음을 모르는데
어찌 삶을 알겠습니까

*

당신은 일제강점기에 태어나 해방을 맞고
얼마 후 전쟁터에 나갔다.

왼손에 총상을 입었으나
생존에는 문제가 없었다.

내가 복무했던 청룡부대

소속 군인들은 베트남전쟁에서
비무장 상태의 민간인들을 마구 죽였다.

나는 사로(射路)에 엎드려 총을 쏘았다.
총성과 뺨으로 전해지는
총기의 반동.
표적지를 빗나간 탄환이 흙벽에 박혔다.

할머니는 죽어서
현충원에 묻힐 것이다.
선산에 묻힌 남편 묘를 이장해
합장할 것이다.

시월의 안개

신의 자비와 축복이 함께하길

나는 그대의 종이기를 거부하오
꺼지지 않는 불길에
한 줌 재가 될지언정

거리에서
경봉에 두들겨 맞고
최루탄 가스에 휩싸이는

불타는 도시

*

떠난 이가 그리운 날에는
우두커니
돌을 씹었다

세상을 내다본다는 게
얼마나 허무맹랑한 생각인 건지

우리는 사랑을 말할 때
취하지 않으려고
공갈 맥주를 마시네

자네는 일을 줄이고
글을 써야지

그것은 뻔한
드라마 같은 일이고

폭염과
쓰러진 이주 노동자

목숨보다
귀한

스타디움
환호하는 사람들

                              *

모든 인류를 위하여
여럿이 모여
여럿으로

잘 봐, 이 모든 것은 내가
너를 사랑한다는 걸 뜻하지

천년 전 어느 날
이렇게 잠들었던 거 같아

너는 베란다에 쪼그려 앉아

너희 부모가

나무 의자에 포개어

사랑하는 장면을 숨죽이고

지켜보았지

그들은 꿈에도 몰랐지

알았다면 네가 변했다는 걸

진작 알았겠지

*

아버지

나의 아버지……

당신에게 무슨 일이 일어난 걸까

당신의 영혼이 빠져나가고 있다

의정부 공장은 불탔다
젊은 당신과 어린 나는
공터에서
두발자전거를 타며 시간을 보내곤 했다

잿더미가 되기 전이다

나의 자랑 나의 기쁨
너는 내 곁에 없지만

죽음에서 죽음으로 건너갈 뿐
멈출 순 없어

목에 걸린 죽음을
뱉어내려는 안간힘

아버지
나의 아버지……

*

깊어진다고 믿는 사람만이
깊어질 수 있다는 믿음

한 번도 사랑한 적 없는 것들을
사랑하기로
허무해지지 않게

우리가 기꺼이 잊어버린 것들
네 목소리를 뒤로하고

신발들
나란히 놓여 있다

파주(坡州)

슬픈 표정으로 고개를 끄덕였던 때

그리고 햇살과 고요

그저께가 오래전 같다

기쁠 때도 슬플 때도 있겠지

암막을 두른 작은 방에서

잠들고 또 잠들었다 시간을 가로질렀다

얼마간 아팠고

잠과 잠을 엮어

능선 따라 정상에 다다랐던 어느 날

활짝 핀 개나리 옆에서

불탄 숲처럼

그리고 저 멀리 보이는 도시의 건축물, 세상을 떠난
이들이 남긴 말

길 잃은 철새 무리처럼

다정으로

다정으로

자세를 바르게 했다

전망

일벌이 조화(造花) 사이를 헤매고 있다.

외삼촌은 겨우 스무 살 때 연탄가스를 마시고 죽었다. 일 년 전에는 외할아버지가 차에 치여 죽었다.

아버지는 백내장 진단을 받고 얼마 동안 금주했다. 병실에 잠든 아버지가 중얼거렸다. 잘못했다고, 나는 미안하다는 말을 달고 살았다. 아버지 곁에 앉아 한쪽 눈을 가렸다.

모래사장에 앉아 길게 뻗은 대교를 바라보며 생각에 잠겼다. 찰나의 기쁨과 오래된 슬픔이 파도에 일렁였다.

이전으로 돌아갈 수 없다.

나이 든 여성이 더 나이 든 여성을 돌보고 있다. 고모가 자리를 비운 틈에 할머니가 이마를 찧었다. 피가 나고 혹이 났다. 하필 왜 내가 없을 때 그랬어. 고모는 울다가 식구들에게 할머니를 맡기고 산에 갔다.

어머니, 송편 드세요. 내일이 추석이에요.

멧돼지가 선산 무덤을 파헤쳤다. 할아버지는 죽어서 불에 들기 싫다고 했다. 가묘를 쓰고 조금 더 살았다. 가는 길에 버섯을 따다 깨끗이 씻어 채반에 말렸다.

철판에 슨 녹을
벗겨내고

마당에 둘러앉아 깜깜해지도록 먹고 마셨다. 어느 사이에 나는 어미도 없고 아비도 없고 홀로 나서 주택가를 산책했다. 이렇게밖에 못 살고 죽나. 삶이 이렇구나. 밤이 말했다. 입이 쓰다.

어린 부부는 세 살배기를 데리고 동물원에 갔다. 아이가 울타리를 붙잡고 섰다. 그날 사진을 보면 죄다 빈 우리다. 고동색 코듀로이 바지를 입은 사내가 아이를 바라보고 있다.

세월이 지나고 다 까먹었다.

엄마가 탄 밥을 먹었다.

저번 봄에 심은 옥수수 낱알들이 비닐하우스 바닥에 널려 있었다.

백일몽

폭설입니다.

이백 년 만의 우주 쇼입니다. 저 멀리 보이는 마천루가 이 나라의 자랑입니다.

공사 현장에서 떨어진 쇠 파이프에 행인들이 크게 다쳤지만

일종의 해프닝으로 일단락됐습니다.

제주 사람 김 씨가 폭풍을 만나

아흐레 밤낮

표류했습니다. 바다가 사람들을 삼키고

혼자 안남(安南) 동쪽 해안에 닿아 목숨을 건졌습니다. 그는 그곳에서

결혼하여 여섯 명의 아들딸을 두었습니다. 사십 년을 살다

혼자 제주 서쪽 해안에 닿아

십여 년 뒤

여든일곱의 나이로 생을 마감했습니다.

여러 해 전의 일입니다.

유리병 만드는 공장에서
불량품 골라내는 일을 했습니다. 제국주의자와 반역
자는 닮았습니다.
나는 어릴 때부터 세계 지도를 들여다봤습니다.

구원은 엉뚱한 곳에서 옵니다.

멍한 기분으로
두어 계절이 지났습니다.

큰 강이 동쪽으로 흐르고
조금만 삐끗하면 절망에서 벗어날 수 없습니다.

기다렸어, 어서 와.

예?

눈을 동그랗게 뜨고

당신을 바라봤습니다.

신세계

우리는 삶이 무엇인지 인간이 무엇인지 알 수가 없어요. 아무것도 모른 채 죽음에 이르는 거예요. 그러니 무지로 미지를 뚫고 나가야 합니다.

청혼

낮과 밤이 바뀌었다
네가 자는 동안 나는 뜬눈으로

참 부족한 사람이구나 쉽게 단정 짓고 너를 위로하려
고 했지만

두려웠다 다시
가난해져서 모든 것을 잃게 될까 봐
일하지 않으면
일할 수 없으면

뭉개고 있는 일들 몇 달째
뭉개지는 기분과 불 켜진 거실까지
코 고는 소리

얼마 후 아픈 너는 출근했다가
어두워져서 돌아오겠지

곧 잠이 들겠지

너는 어디에 가 있나
나는 한참 먼 것 같다

저편에 있는 강이 파도치듯 얼어 있다

용서를 구합니다 부디
불운에 지지 않길

불이 태산을 삼키고
그대가 벌컥벌컥
물을 마시고
검과 방패를 든 병사들이 적의 진지를 포위하고

나와 나 아닌 것과의 투쟁 그리고
다시 써야 할 것들

전쟁과 학살
가장 먼저 희생당할 일개 시민들

고집이 세다지
그럼 출세하기 어렵다지

세상이 우리를 사랑하나 봐
하루에도 몇 번씩 귀신이 왔다 간다

만사는 제때 온다고
시치미를 뗀다

네게 황금 가면을 만들어 줄게
너만을 위해
약속할게

몇 가지 사건

1
머리를 겨누고 있습니까
나는 어떤 표정입니까

2
한 많은 이 세상 야속한 임아
가자
북으로
거리의 사람들 빗발치는 포탄 속에서
임은

정신이 맑은 할머니가 제사상 앞에 앉아
우리의 영혼이
길을 잃지 않게 해달라고 빌었다

네가 죽지 않고 오래오래 살아

다음을 적었다면 아마
적의 문체를 빌렸을 것이다

린든 존슨을 '전쟁 미치광이'라고 일갈한 북베트남
시인은
무덤에서 일어나
정글을 떠돌고 있다

꽃답던 내 청춘 절로 늙어가고
오라
남으로
아버지와 그의 시대에는
슬퍼할 틈이 없었다
생존과 생활은 얼마나 다른가요

오래 굶주리면
누군가를 해칠 수 있겠구나

나는 내가 살지 않은 어제를 그리워하고

3

아버지와 어머니는 아비 없이 자랐습니다.
가난했고 종종
후레자식이라는 소리를 들었습니다.
그 둘은 사랑에 빠졌습니다.
겨우 학업을 마친 아버지가
공사장에 나가면 어머니는 홀로
집을 지키다
바다를 보러 가곤 했습니다.
방파제에 앉아
불러오는 배를 붙잡았습니다.
돈을 모아야 했습니다. 나는
걸프전이 일어난 해

태어났습니다. 수많은 사람이 죽고
집을 잃었다고 말합니다. 위성 방송이
전쟁을 생중계했습니다.
시가지를 가로지르는 전차와
사막을 건너는 군인, 그리고
AH-64 아파치 헬리콥터. 실직한
아버지가 두꺼비 한 병을 사 오라고
소리쳤던 건 나중의 일입니다. 그 여름을
다시 떠올린 것도, 그 사내가 빼앗은 삶과
빼앗긴 삶을 들여다본 것도 아주
나중의 일입니다. 어머니는 어디서
무얼 하고 있었을까요. 나는 왜 돌아오지 않는
어머니를 찾지 않았을까요.
쇠로 된 팽이가 장판에 구멍을 내고
빙글빙글 돌아갑니다. 지나간 나는
왜 슬퍼하는 걸까요. 지나간 날은
왜 꾸며낸 이야기 같을까요.

4
시인이 말했네
이제 알았노라, 시가 무엇인지
그는 평생 시를 썼네
영원 되어
영원의 영원 되어

구렁이가 머리에 세상을 이고 있네
구렁이 몸에서
나무 한 그루 자라나네
천년 되어
천년의 천년 되어

좋은 일도
나쁜 일도 없었지
믿을 것 하나 없었지
나는 당신의 무수한 실수였지

새들은 이미 알았지 일찍
떠나고 없었지

5
러시아를 둘러싼 서방 세력은 우크라이나에 지원을
약속했지만 수시로 말을 바꿨다
각국의 수뇌부는 평화를 빌미로 분단을 제안했다

곤경에 처한 사람들
곤경을 외면당한 사람들

나는 모른다
전쟁이 어떤 것인지

누군가 죽어가는 때에도
살 궁리를 하고 있다

무심히 자라는 머리카락
그대
나와 닮은
나약한 자여

뿔뿔이 흩어진 가족들

술을 진탕 마신 날에는
한 번도 본 적 없는 할아버지의 얼굴이 떠올랐다
벽에 걸린 영정이 핏줄을 내려다보고

폭발
한 번 더
폭발

하늘에서

쏟아지는 섬광을 향해

죽은 개가 크게 짖었다

6
우리 인간 태어날 적 뉘 덕으로 태어났나

뼈를 빌고 살을 빌어 이 세상에 태어나서

이리 갈까 저리 갈까 나 너 찾아 여기 왔소

저승길이 멀다더니 문전 밖이 황천이네

7
어젯밤엔 비바람이 세게 불었다.

네가 벽에 기대어 앉아 새로 쓴 소설의 한 단락을 소리 내어 읽었다. 멈추지 말아줘. 이 다리를 건너면 다른 동네야. 더는 참지 않겠다고 다짐했어. 네가 비처럼 투명하고. 네 손이 내 어깨를 쓸어내리고.

사과나무 톱밥에서

사과 냄새가 났다.

벽시계의 시각이 잘못되었다.

시인 노트

1

내게 문학적 재능이 있다면 그것은 우연히 주어진 것
이다. 공으로 얻은 삶을 내가 사는 마을에서 사람들과
나누고 싶다. 오래오래 함께 소리 내어 읽고 싶다.

2

아트잠실에서 초연한 「하나의 연주와 여러 개의 중
심」은 시와 음악이 교차하는 낭독 공연이다. 첼리스트
박송아와 한 팀을 이뤄 여러 번 무대에 섰다. 여섯 편의
초고가 바흐의 무반주 첼로 조곡과 만난 것이 계기가
돼 지금에 이르렀다. 시집을 묶는 내내 첼로 연주가 들
리는 듯했다.

3

나의 첫 독자이자 사랑인 화수에게 마음을 전한다.

우리는 삶을 포기하지 않고 사랑을 포기하지 않겠다
고 맹세했다. 슬플 때 슬퍼하고 기쁠 때 기뻐하며 서로
를 살아낼 것이다.

2023년 6월
최지인

시인과의 대화

우리는 함께 치솟았다가 같이 곤두박질쳤다

양주안(에세이스트)

최지인 시인과 대담을 시작하며 몇 가지 고려한 것이 있다. 내게 시집을 분석할 만한 능력이 없다는 것, 사적인 친분에서 우러나오는 애정이 객관적인 시선을 해칠 수도 있다는 것, 마지막으로 최지인 시인을 알기 전에 나온 첫 번째 시집 『나는 벽에 붙어 잤다』(민음사, 2017)를 읽고 내가 모르는 그의 면면을 들여다보아야 한다는 것이었다. 그는 책을 내는 일을 일컬어 "한 시절을 매듭 짓는다"고 표현한다. 그러니 단지 이번에 발표하는 『당신의 죄는 내가 아닙니까』만 읽고 질문을 할 수 없는 노릇이었다. 처음과 지금의 생각이 달라질 수는 있어도, 처음부터 지금까지 지나온 시간은 지울 수 없는 것이기 때문이다. 그리하여 대담을 열기 전에 몇 가지 고백을 해야겠다는 결론에 도달하게 되었다.

1. 시에 관한 분석과 통찰보다는 감각과 직관에 의존하여 이 시집에 접근하려고 한다.
2. 한 인간에 대한 애정은 스스로 조율하기 어려우므로 완전한 객관성은 포기하려고 한다.
3. 그와 가까이 지낸 몇 년의 시간으로 최지인 시인의 모든 삶을 설명하려 들지 않겠다.
4. 이 대화가 질문자인 나의 시선에서 시작하고 끝난다는 것을 미리 말해두겠다.

자유로를 타고 파주 출판 도시로 가는 길에는 나무들이 줄지어 서 있었다. 최지인 시인과 작업실을 나누어 쓰기로 하고부터 자주 같은 도로를 달렸다. 우리는 다섯 평 남짓한 작업실에 앉아 이런저런 이야기를 나누었다. 어떤 생각에는 동조하고 또 어떤 말에는 날을 세웠다. 그렇게 주고받은 말들은 각자의 작품에서 다른 모양으로 등장하고는 했다.

*

주변을 배회하는 말들을 자기 것으로 만들어내는 장면을 자주 마주했습니다. 항상 두꺼운 노트를 들고 다니며 쓸 만한 문장을 적어두는 것 같았어요.

쓰는 사람이 되기로 마음먹고 언젠가부터 메모하는 습관이 들었어요. 일상어는 몸에 밴 말이잖아요. 생각 너머에 있는 말이요. 저는 문학에서, 특히 시에서는 구연(口演)성이 중요하다고 믿어요. 입에서 입으로 전해지는 것들요. 인간은 문자 이전부터 존재하여 문자를 발명하고, 온갖 것을 문서화하려고 했지만 실패하고 말았죠. 현대 시는 대부분 문자로 이뤄져 있고, 그것은 문자가 되기 전에 말이고 소리였어요. 일상어를 노트에 적는 건 이 세상에 문자로 된 시보다 말로 된 시가 더 많다고 여기기 때문이에요. 그런 의미에서 시를 소리 내어 읽는 건 매우 중요한 읽기 방법이죠. 텍스트가 읽는 이의 몸을 거쳐 소리가 될 때 자연히 서리는 감정이 있어요.

*

첫 번째 시집 『나는 벽에 붙어 잤다』에는 내가 모르

는 그의 시절이 엮여 있다. 대체로 어두운 분위기였다. 날카로운 현실을 더 예리한 문장으로 말하고 있다고 느꼈다. 이 시집에 등장하는 세상은 "벽이 많았고", "쉴 틈이 없"(「비정규」)는 곳이다. 그는 그 벽에 붙어 잠을 청한다. 두 번째 시집 『일하고 일하고 사랑을 하고』(창비, 2022)에는 내가 그를 조금 알던 시절이 엮여 있다. "사랑한다 말하면 무섭다/그것이 나를 파괴할 것을 안다"고 고백하지만 "저 멀리 섬들 보인다/이제 바다를 건널 것이다"(「섬」)하는 다짐으로 시작한다. 그가 주변에서 발견하고 다시 만들어내는 말들은 대체로 날이 선 채로 날아와 시인의 몸에 꽂혀버린 것들은 아닐까.

*

초심에 관한 이야기를 나눈 기억이 있습니다. 초심이 변하지 않는 것이 어쩌면 더 무서운 말인지도 모른다는 것이었죠. 한 시절을 매듭지은 인간이 그다음을 살며 생각이 변하는 건 자연스러운 일이에요. 첫 번째 시집부터 이번 시집이 나오기까지 스스로 변했다고 생각한 것이 있습니까?

변화는 그 과정 중에는 알아채기 어려워요. 미세한 것도 마찬가지죠. 시간이 한참 지나고, 불현듯 과거의 내가 낯설어지는 순간이 있어요. 중요하다고 여긴 것이 하찮게 느껴지고 하찮다고 여긴 것이 중요하게 느껴지는, 이전과 이후의 틈을 발견하는 때요. 무엇이 변했고 무엇을 지나쳤는지 이야기하는 건 어불성설이에요. 내가 나를 모르기 때문이죠. 그저 물을 뿐이에요.

예술가는 늘 새로운 것을 추구해야 한다는, 일종의 강박에 시달려요. 역설적인 건 새로워지기 위해 비슷한 노력을 반복해야 하는 거죠. 읽기와 쓰기를 멈춰선 안 돼요. 흰 종이를 마주해야 하고, 그전과 달라야 하죠. 다름은 어디서 올까요? 차이가 아닐까요.

결국 예전의 내가 지난날을 살아냈기에 변주가 가능했어요.

이번 시집에서 특별히 느껴지는 분위기가 있습니다. 앞선 두 권의 시집보다 문장들이 향하는 목적지가 뚜렷해졌다고 할까요. 특히 전쟁이나 학살에 몰입한 듯했어요. 그러면서 거대한 사건들이 지워버린 시절로 시선이 가는 것 같았죠. 서두에 1965년 6월 22일 전남 진도군 지산면 인지리에서 녹음한 '들노래'를 넣은 것도 그런 이유가 아닐까 생각했습니다.

한일협정(1965년 6월 22일)은 샌프란시스코 평화조약의 연장선에 있어요. '제국'의 지배력을 굳건히 하는 체제예요. 문학적 상상력은 땅에서 솟아난다고 생각해요. 흙을 일구고 씨앗을 뿌리는 농부처럼 꿋꿋하게 쓰고 싶어요.

전쟁과 학살은 인간의 오래된 이야기예요. 공간에는 기억이 깃든다고 해요. 그런 의미에서 인간의 몸에 켜켜이 쌓인 기억은 다음 세대로 이어져요. 할아버지 세대가 목도한 태평양전쟁과 한국전쟁, 아버지 세대가 목도한 베트남전쟁과 소련−아프가니스탄 전쟁, 우리 세대가 목도한 걸프전쟁과 미국−아프가니스탄 전쟁, 그리고 러시아−우크라이나 전쟁……. 삼대를 걸쳐, 삼대의 삼대를 걸쳐 전해지는 무의식의 기억이 분명 있다고 믿어요. 그것들을 되살리기 위해서는 이데올로기의 멍에를 걷어내고 민중의 소리에 귀 기울여야 한다고 생각했어요.

*

　시집『당신의 죄는 내가 아닙니까』에는 가장 가까이서 본 그의 시절이 엮여 있다. 그는 우리의 작업실이 있는 파주에도 학살의 역사가 있다고 했다. 이 시집이 엮이는 내내 그에게 전쟁과 학살에 관한 이야기를 들을 수 있었다. 그 대화가 끝날 무렵이면 어김없이 무기력이 찾아들었다. 손쓸 수 없는 사건들을 곁에 두고 우리는 어떤 집에 살아야 할지, 어떤 차를 타면 좋을지, 하는 시시껄렁하지만 중요한 이야기를 나누었다. 무기력하게 멈춰 있을 시간이 많지 않았다. 매달 내야 하는 작업실 월세와 기름값과 밥값이 우리의 몸을 일으켜 세웠다.

*

이 시집에서 다루고 있는 사건들이 우리의 과거이며 현재이자 미래라는 생각이 들었습니다. 누군가는 미래로 가는 길에 변수가 되고자 하지만 또 다른 누군가는 변수가 될 기회조차 얻지 못하죠. 저는 이 시집에 모순이 담겨 있다고 느낍니다. 비극을 눈감고 지나갈 만큼 뻔뻔하지 못하고, 그렇다고 미래로 가는 길에 변수가 될 만한 용기를 가지고 있지도 않으니까요. 이 시집에 담긴 사건들을 공부하고 시로 표현하며 이러한 모순을 어떻게 바라보게 되었는지 궁금합니다.

점점 더 자주 내 안의 모순된 욕망을 발견해요. 나의 욕망인지, 세상의 욕망인지 가늠하기 어려울 정도예요. 우리가 진정으로 원하는 것은 무엇일까요? 인간에게 평등과 평화는 가당키나 할까요? 불평등과 불평화는 인간에게 최초의 결핍이 아닐까요? 거대 담론에서 시작한 이야기가 다다른 곳은 결국, 일상입니다. 무너지지 않기 위해 발버둥 치는 한 사람입니다.

개인적으로 첫 번째 시 「커브」가 참 좋았습니다. "쓰는 것 말고는 할 수 있는 게 없"는 한 인간이 몇 개의 잔혹한 사건들을 마주하죠. 분노와 후회를 거쳐 "맨손으로/그릇을 깨끗이 씻"는 장면에 도착합니다. 그것이 꼭 야구에서 말하는 커브와 닮았다고 생각했어요. 한껏 치솟아 올랐다가 가장 낮은 곳으로 꽂혀 들어가죠. 내 모습을 보는 것 같았습니다. 어떤 사건 앞에서 분노하지만 머지않아 잊고 살게 되죠. 첫 번째 시에서 미리 결말을 예고하는 것 같았습니다. 어쩌면 허무한 결말일 텐데요. 그럼에도 끝내 한 권의 책으로 엮어내셨어요. 이 작업이 의미가 있다고 여겼기 때문에 한 시절을 매듭지을 수 있었다고 생각해요.

이번 시집을 묶는 내내 제 곁에는 김수영, 신동엽, 이용악 전집이 있었어요. 동시대 시인들의 빛나는 작품집들과 함께요.

시의 의미는 쓰는 이와 읽는 이가 마주쳐 함께 만들어지는 거예요. 언제나 뒤에 오죠. 그리고 시간과 공간에 따라 변화해요. 내 문학이 '의미'를 감당할 수 있을까요? 이 시집이 일종의 분기점이 될 거란 어렴풋한 예감이 들어요.

우리의 삶이 허무하게 끝날지라도 질문을 멈춰선 안 돼요.

*

나는 그가 시집 『당신의 죄는 내가 아닙니까』를 엮는 동안 한계에 부딪히는 듯한 말을 많이 들었다. 거대한 사건들을 소화해 자기 언어로 풀어내는 일이 벅차 보였다. 그사이 그는 삶에서 가장 중요한 몇 가지 결정을 앞두고 있었다. 우리는 종종 베트남에서 자행된 학살과 우크라이나에서 벌어지고 있는 전쟁에 관해 이야기 나누었지만, 그것들은 아주 쉽게 우선순위에서 밀려나곤 했다. "지나간 날은" 꼭 "꾸며낸 이야기 같"이 느껴졌고, "누군가 죽어가던 때에도/살 궁리를 하고 있"(「몇 가지 사건」)었다. 그것은 죄책감의 한계였다.

*

『당신의 죄는 내가 아닙니까』를 읽으며 죄책감이 가진 한계를 사무치게 느끼게 된 것 같습니다. 나를 잠시 세워둘 수는 있었지만, 삶의 방향을 돌리지는 못했어요. 저의 나약함을 마주해야 했죠. 그런 의미에서 이 책을 다 엮은 뒤에 어떤 마음이었을지 궁금해요.

두려운 마음이에요.
미래는 어떤 모양을 하고 있을까요?
너와 나는 어떤 모습일까요?

*

작년 겨울이었다. 밤 열두 시가 넘어 편의점에 갔다.

실내 취식은 안 됩니다, 나가서 드세요.

우리는 컵라면과 소시지를 들고 건물 밖으로 나와 거리에서 저녁 식사를 했다. 그가 말했다. "혼자였으면 서러웠을 거야."(「낮과 밤」) 그날의 일은 두고두고 웃음거리다. 부끄러운 것도 함께하면 괜찮은 추억이 되곤 한다.

시집 『당신의 죄는 내가 아닙니까』를 읽는 내내 창피했다. 모르고 살았던 것과 알고도 모른 척한 것이 낱낱이 적혀 있었다. 혼자였다면 아무에게도 말하지 못할 부끄러움이었겠지만, 용기를 내어 우리의 대화를 글로 옮겨 적었다. 혼자가 아니라서 괜찮았다. "네가 태어나서 참 다행이야."(「낮과 밤」)

악무한의 세계를 살아낸다는 것

고명철(문학평론가, 광운대 교수)

1.

여기, "몇 가지 사건들: 제주 오키나와 타이베이 마닐라 싱가포르 스리랑카 마다가스카르 아이티 홋카이도"에서 일어난 제국의 식민주의 지배와 관련한 언어절(言語絕)의 참상과 그것의 정치사회적 맥락과 문명적 폭력이 뒤엉킨 근대 악무한의 세계에서 "쓰는 것 말고 할 수 있는 게 없으니까/나는/쓸쓸해서/바리케이드 앞에 선 시민"이 있다(「커브」). 최지인 시인의 이 진솔하고 간명한 자기 인식은 아시아·아프리카 등지에서 자행되(었)고 침묵할 수 없는, 절대선(絕對善) 또는 문명의 미명 아래 저질러진 악무한의 세계 속 시인이 치열히 궁리해야 할 정치윤리적 문제와 그 미적 실천의 내용형식을 고백한다. 그런데 한층 각별하게 다가오는 그의 정념이 있다면 '쓸쓸함'이다. 그는 분명 바리케이드를 경계로 맞서 싸워야 할 적의(敵意)를 품어야 할 대상과 대면해 있듯, '쓸쓸함'보다 투쟁의 결기를 솟구치게 할 '분노'의 정념을 배가시켜야 할 게 아닌가. 기실, 서로 밀어내는 강도만큼 서로 옥죄며 휘감아드는 이 양가적 이율배반의 정념은 이번 시집의 심연에 자리하고 있는 것으로, 악무한의 세계를 정면으로 응시하면서 그에 대한 투쟁의 전선 앞에 담대하게 서 있는 시인의 독특한 시적 감응력을 생성한다.

2.

전 세계로 송출되는 전쟁 이미지

외롭고 높고 쓸쓸한

죽은 이와 죽을 이가 모여 웃고 있는 사진 한 장

영혼의 상처는 몇 세기가 지나야 아물까
— 「침엽수」 부분

언제부터였을까. 미국 주도의 다국적군이 이라크를 상대로 한 걸프전쟁이 1990년에 일어난바, 전 세계는 다양한 대중 미디어를 통해 당시 최첨단의 미사일 공격과 전투기 폭격 장면을 흡사 전쟁 영화의 스펙터클한 장면으로 목도하지 않았는가. 이후 세계의 곳곳에서 일어나고 있는 분쟁과 전쟁을 생중계로 실시간 공유하는 일이 낯설지 않다. 그만큼 "전 세계로 송출되는 전쟁 이미지"는 지구의 복잡한 일상을 구성하는 세목 중 하나에 불과할 따름이다. 그럼에도 불구하고 시인은 "죽은 이와 죽을 이가 모여 웃고 있는 사진 한 장"이 품고 있는 그들의 생사고락의 서사, 그 "영혼의 상처"에 아파한다. 전쟁이 왜 일어나야 하는지, 전쟁을 치르면서 얼마나 많은 생목숨들이 극한의 두려움 속에서 죽음에 속수무책일 수밖에 없는지를 알고 있는가 하는 물음에 대해 지극히 식상하고 지리멸렬한 어리석은 답이 허방 속으로 흩어진다고 하더라도, 시인은 그러므로 전쟁에 대한 분노와 버무려진 "외롭고 높고 쓸쓸한" 정념을 근대의 악무한에 대한 시적 저항의 감응력으로 벼린다.

3.

여기서, 최지인의 시적 저항의 감응력을 주목할 필요가 있는데, 가령 「몇 가지 사건」에서 시적 화자 '나'의 아픈 과거사가 나오는 대목이 있다. 이 대목이 자꾸만 눈에 밟힌다. 최지인에게 전쟁으로 표상되는 악무한의 세계는 비루한 일상과 동떨어진 어떤 거창하고 특별한 지구사적 정치사회적 갈등 때문에 재현되는, 그래서 지루한 일상에 또 다른 볼거리를 제공하는 스펙터클한 전쟁의 시뮬라시옹이 결코 아니다. 지구 반대편의 전쟁은 '나'의 일상과 고스란히 겹쳐진다. "걸프전이 일어난 해"에 태어난 '나'는 몹시 궁핍하여 끝내 가족 해체의 지경으로 내몰린다. 짐작해보건대, 걸프전이 일어난 1990년에 태어난 '나'는 부모가 어떻게 해서든지 억척스레 살려는 노력을 다했으나, 걸프전에서 생생히 지켜봤듯이 미국 주도의 군사적 무력에 민간인이 엄청난 희생을 치른 것처럼 IMF체제 아래 경제를 포함한 사회 모든 분야를 망라한 희생 속에서 '나'의 가족이 파국에 이르렀을 터이다. 그런데 바로 이 파국에서, 최지인 특유의 시적 저항으로서 감응력을 조우할 수 있다.

쇠로 된 팽이가 장판에 구멍을 내고
빙글빙글 돌아갑니다. 지나간 나는
왜 슬퍼하는 걸까요, 지나간 날은
왜 꾸며낸 이야기 같을까요.
─「몇 가지 사건」 부분

　시적 화자 '나'에게 "장판에 구멍을 내고/빙글빙글"
돌아가는 팽이는 궁핍한 세계를 좀처럼 벗어날 수 없었
던 부모의 계급적 현실과, 그 현실의 높고 두꺼운 장벽
이 좀처럼 허물어질 수 없다는 불가항력의 사회 구조
와, 이러한 삶 속에서 한 개인의 치열한 열정과 쉼 없는
노력만으로 좀처럼 이 현실과 구조를 극복할 수 없다는
자괴감 등을 관성적으로 내면화한다. 따라서 '나'의 도
저한 슬픔은 이 모든 것의 과거사가 사실이 아니라 허
구처럼 인식되었으면 하는 욕망, 즉 비현실적 인식에
자족하고 싶은, 그래서 현실을 회피한다는 비난을 받더
라도 역설적으로 바로 그렇기 때문에 이 모든 것을 겨
냥한 분노와도 결코 무관하지 않다. 바꿔 말해, 이 감응
력은 걸프전과 우크라이나 전쟁을 비롯한 다른 전쟁—
중일전쟁, 아시아태평양전쟁, 한국전쟁, 베트남전쟁 등
이 거느리는 "아직 발견되지 않은, 우리에게/더 많은 죽

음이 남아 있"(『거리에서』)는 "인간이 인간들을/산산이 부서질 이미지"(『새』)의 무덤과 연관된 자기파괴의 허무주의적 쓸쓸함과 슬픔, 그리고 이 악무한의 세계에 대한 정치윤리적 분노가 함께 버무려진 것임을 강조하고 싶다.

4.

그렇다면, 이쯤에서 우리는 래디컬한 문제에 봉착해 있음을 응시하고 그것에 대해 비관주의적 모습을 걷어내야 한다. 악무한의 세계를 먹여살리는 성장주의 신화를 언제까지 숭배할 것인가(『성장의 끝』). "지구를 떠도는 에너지들 과잉들"(『두더지』)의 잉여 생산주의에 홀린 채 "성장의 끝/노동 착취가 합법적으로 이뤄지고 있"(『파고』)는 것을 우두망찰 방관할 수밖에 없는 가운데 "이전으로 돌아갈 수 없"(『전망』)다는, 그리하여 "조금만 삐끗하면 절망에서 벗어날 수 없습니다."(『백일몽』)란 악무한의 현실순응주의를 곱씹으며 "살아 있음의 부끄러움"(『종점』)을 언제까지 감내해야만 하는가. 이러다가 정녕, "아무것도 모른 채 죽음에 이르는 거"(『신세계』)를 악무한의 세계의 자연스러운 논리로 받아들여야 하는가.

이에 대해 바리케이드 앞에 선 최지인 시인은 "추하고 어리석고/서투르며/희망이 없다고/믿게 하는 것들//연대하라/단결하라/아니면 당신을 먹이로는 보는 이들에게/약탈당하고/지배당할 것이다//Health/Food/Basic Income/Shelter/Education//군함에 고한다/꺼져라"(「낮과 밤」)는 시적 결기의 전언을 단호하게 일갈한다. 여기에는 악무한의 세계에 침묵하는 게 아니라 그것에 맞서며 쟁투하는 뭇 존재의 '사랑의 연대'와 '연대의 사랑'이야말로 삶을 견결히 웅숭깊게 살아내는 일이기 때문이다.

> 사랑한다는 것은
> 살아낸다는 것이다
> ―「낮과 밤」 부분

최지인에 대하여

최지인 시인이 새 시집을 작업한다고 들었을 때 나는 그가 어떤 심정이었는지 모른다. 그는 노동을 사랑하는 사람이고, 사랑을 사랑하는 사람이고, 둘 중 어느 쪽도 포기하지 않고 잘 해내려 하는 사람이다. 그러나 문제는 그가 예술가라는 점에 있는데, 나는 최지인이 시인보다 예술가라고 생각하기 때문이다. 시인과 예술가의 차이점이 뭔데? 아아, 그걸 이해하지 못했구나. 있잖아, 그건……

……

그렇구나. 그런데 예술가인 게 왜 문제인데?

……아직도 이해하지 못했구나.

가끔 최지인 시인은 본인을 시인이라 착각하고, 노동자로 착각하고, 사랑주의자로 착각한다. 혹은, 그 모든 것의 총체로 착각한다. 나는 그의 많은 시를 읽었고, 그의 노동을 들었으며, 그가 베푼 사랑을 기억한다. 그러나 그것의 총체가 최지인 시인은 아닐 것이다…… 나는 내가 모르는 최지인 시인에 대해 상상했다. 운전하다 갑작스레 우는 최지인, 슬픈 모습을 내비치기 싫어서 애써 웃는 최지인, 늦은 밤 귀가하다 골목길에 주저앉아 담배를 태우는 최지인, 본인이 우울해도 친구를 격

려하고 위로하는 최지인……

물론 이것은 나의 상상일 뿐이다. 그렇지만 나는 그가 무언가를 항상 견디는 중이며 그것을 티 내지 않으려 애쓴다는 걸 알고 있다.

그걸 어떻게 아느냐고?

……내가 궁금한 건 그런 게 아니야. 최지인은 왜 자신에 대해 이야기하지 않는 거지? 왜냐하면 최지인은 바보라서 그렇다. 최지인은 사랑을 사랑해서 사랑을 베풀지만, 사랑받는 방법에 대해서는 무지하다. 바보다. 나는 그에게 너무 애쓸 필요 없다고 말한 적이 있다. 그런데도 바보 최지인은 너무 애쓰고, 사실 내가 무슨 말을 하든 그가 계속 애쓸 거라는 걸 알고 있었다. 나는 그가 참전하여 살아남으려 버티는 병사처럼 느껴진다. 나는 그가 어떤 심정인지 모른다. 그는 시인도, 노동자도, 사랑주의자도 아닌 예술가이기 때문이다.

양안다(시인)

K-포엣

당신의 죄는 내가 아닙니까

2023년 6월 22일 초판 1쇄 발행

지은이 최지인
펴낸이 김재범
인쇄·제책 굿에그커뮤니케이션
종이 한솔PNS
펴낸곳 (주)아시아
출판등록 2006년 1월 27일 제406-2006-000004호
주소 경기도 파주시 회동길 445
전화 031.944.5058
팩스 070.7611.2505
홈페이지 www.bookasia.org
전자우편 bookasia@hanmail.net

ISBN 979-11-5662-317-5 (set) | 979-11-5662-636-7 (04810)
값은 뒤표지에 있습니다.

바이링궐 에디션 한국 대표 소설 목록